I0732974

B杜极短篇故事集
（101～200）

A WORD TO THE WISE (TALES 101~200 IN SIMPLIFIED CHINESE CHARACTERS)

B杜

Copyright © 2021 by B杜

All rights reserved.

No part of this book may be reproduced in any form or by any electronic or mechanical means, including information storage and retrieval systems, without written permission from the author, except for the use of brief quotations in a book review.

British Library Cataloguing-in-Publication Data. A CIP catalogue record for this book is available from the British Library.

ISBN 978-1-913080-71-6 (ebook)
ISBN 978-1-913080-70-9 (print)

For my Family

（101）

Mateo 不过是到巴塞隆那探望一下女儿及外孙女，回来后就发现自己被锁在门外。

"喂！你们是谁？我是屋主，命令你们马上搬离！" Mateo 喊着。

鸠占鹊巢的人当然充耳不闻，Mateo 只好叫来警察。

"老先生，根据西班牙的法律，如果房子被人占用超过48小时，报警是没用的，你只能走法律程序，运气好的话，也许两三年后能把房子要回来。"警察说。

听到这个，Mateo 五雷轰顶，他是退休老人，根本没有多余的钱另租房子住。

警察看他可怜，给了他一个联系电话，说能快速解决他的难题。

Mateo 打了过去，一名东欧口音的男子要价五千。

"你如何让屋內的人搬离？" Mateo 问。

"拳头，懂不懂？"

五千欧元对 Mateo 来说还是太多了，何况屋內还有一名和自己外孙女一般大的小孩，万一有个闪失，如何是好？

思来想去，Mateo 决定用自己的方式解决。

"一只老鼠五欧元。"他对正在附近闲荡的孩子们说。

没等扔进第十只，屋內的三口人便落荒而逃。

"现在，一只老鼠十欧元。"Mateo 微笑着说。

孩子们欢呼一声，纷纷跑进屋內……

（102）

等待了两年，冯家种植的百香果树终于结果，藤蔓目测有五米长，部分延伸到邻居董家。可气的是，落在董家的果实又圆又大，冯家的却是一副营养不良的样子。

冯家也曾想过把出墙的藤蔓往回拉，可惜那些藤蔓牢牢抓住两家的围栏，白白便宜了不出一分力的董家。

思前想后，冯家决定将"背叛"的藤蔓一刀切，接着移木，然而"搬家"后的百香果树却再也没结一次果。

对于冯家而言，这个结局显然不令人满意，但与其"为人作嫁"，他们宁愿"损人不利己"。

（103）

新加坡四季如夏，导游小陈边介绍景点边用纸巾拭汗。

"对了，自由活动前再提醒你们一句，千万别乱扔垃圾，这里的最高罚款能达到2000新元。"说完，小陈急匆匆走了。

团员小王认为事有蹊跷，莫非还有其他好玩的地方，导游独自去了？

想至此，小王尾随小陈，经过三个街区后，他看到小陈把手里的纸巾扔进垃圾桶内。

"你……"小陈一转身，看到团员小王，颇为讶异。

"我……我正想问你垃圾桶在哪里？哈！原来在这里，太好了！"

由于小陈死盯着小王，一番天人交战后，小王把口袋里的东西扔进垃圾桶內，那包猪肉干花了他20新元。

（104）

在人类的认知中，女王蜂像神一样的存在，不仅吃好住好，还不用工作；反观工蜂，每天忙个不停，包括清理巢房、调制蜜粉、筑造巢脾、守卫蜂巢、寻找蜜源、采水……等。

这一天，工蜂集体坐下来开会。

"季节过了，有些雄蜂的交配能力已大不如前。它们若能自觉离开最好，不行的话就行使公权力。"

"这不是什么大问题，新的一批随时能替补上，比较麻烦的是生育蜂，最近它的产卵量每下愈况，质量也堪忧。"

"现在就等新的生育蜂孵化出来，一旦成功，就把老生育蜂拖出蜂巢，这是个大工程。"

"谁说不是？"

……

在蜜蜂的认知中，工蜂像神一样的存在。

（105）

Tom 签下移居 W 星球的同意书后，把手中的资产全换成鸟币（虚拟货币），因为"W 星球移民计划"的执行官兼鸟币发行者 Steven 告诉他，该星球只接受鸟币作为通行货币。

这是一趟有去无回的旅程，在和亲朋好友告别后，Tom 坐上宇宙飞船，同行的还有另外四位富豪。

W 星球距离地球约六光年，不出意外的话，六年后飞船将抵达目的地，只是 Steven "忘了"告诉乘客，地球人目前还造不出光速飞行器，这艘飞船的实际速度是每小时八千公里。

噢！对了，在送走五位富豪之后，现在的 Steven 已经是地球首富。

（106）

Diane 听到女儿喊妈妈的声音，她一抬头，墙上挂钟显示下午 3:45，果然一分不差。

她走过去开门，Emma 立即冲入她怀里，兴奋地喊着："妈咪，今天拼写我得了满分。"

"真棒！想喝巧克力奶吗？" Diane 问。

"想。"

于是她把女儿带到餐桌，那里已经有泡好的巧克力奶……

"医生，你看我妈的病情是不是越来越严重了？每天下午固定3:45分去开门，嘴巴念念有词，接着坐在餐桌前，桌上总有一杯事先泡好的巧克力奶。"Emma问。

"看来妳母亲已经进入阿尔茨海默症的中晚期，时空产生混乱，开始出现幻觉和幻听，妳要有心理准备。"医生停顿了一下，"对了，妳的家人之中，谁喜欢喝巧克力奶？"

"……我。"

送走了医生，Emma走向母亲，她仍对着空气说话。

Emma端起桌上已经冷掉了的巧克力奶，一饮而尽。

母亲愤而起身，甩给她一巴掌，问："妳是谁？为什么喝掉我女儿的巧克力奶？"

Emma捂住脸颊，内心委屈不已。

筱雨一走出家门就看到诗人站在凤凰树下，那样子看起来令人心碎。

"我为妳写了一首诗，就刊登在今天的报纸上，我念给妳听。"

当诗人念完那荡气回肠的爱情诗时，筱雨已经泪流满面，他怎能如此爱自己？

顾不得父母的反对，筱雨执意要嫁给这位只有数面之缘的诗人。

婚后，筱雨的理想生活一点一滴地幻灭了，一个连看到花瓣掉落也要感慨一番的人，内心能有多少真情实意？所以当记者要筱雨以一句话来形容自己的诗人丈夫时，她一语双关地答："他是一位大思想家。"

（108）

游敏在诚信拍卖行拍下国画大师许远东的画作《翠堤春晓》，两年后，国外一家拍卖行联系她卖画。

游敏心想也好，让他们把画拿去做鉴定。鉴定的结果出乎意料，她不服，又找来多位专家，答案皆不乐观。

由于国内拍卖行采"不保真"制度，买主若看走眼，只能自认倒霉。事已至此，游敏只好死马当活马医，经中间人介绍，请许远东本人做鉴定。

许远东一看，大为光火，这是赝品无疑。为防伪画再度流入市场，他提笔写下：**此画非我所画，乃赝品。**

游敏拿着被原画家盖章认定的假画欲哭无泪。

几天过去后，诚信拍卖行找上她，除了表达遗憾之意外，最主要是游说她将手中的《翠堤春晓》进行拍卖。

"这幅画已经被许远东本人鉴定为假，怎么可能还卖得出去？"游敏说。

"画为假，但上面的题字及印章却是真的，而且被原画家在假画上认证的例子前所未有，我们认为潜在买家很快会浮出水面。"工作人员答。

怀着半信半疑的心，游敏把画交出去。

当好消息传来时，游敏惊呆了，"假"《翠堤春晓》拍出许远东个人作品的最高价记录，这艺术市场真他妈的让人看不懂！

可卡是一只家喻户晓的"寻尸犬"，曾参与过很多刑事案件，任何物品只要接触过尸体，它都闻得出来。

这一天，警探汤尼带着可卡来到可疑现场，因为农场主艾迪已经失踪一个多月。

"谢天谢地，你终于来了。"艾迪的妻子递上一根雪茄，并且将它点燃，"你不知道我有多心急如焚。"

汤尼猛抽一口后，答："这不是来了吗？"

两人说话的同时，可卡正在屋子内到处走动，这边嗅嗅，那边闻闻，最后竟冲着汤尼狂吠。

"死狗！"汤尼踢它一脚，"我是警探，第一次上这里来，怎么可能接触过尸体？"

农场主的妻子安慰他："莫生气，狗鼻子偶尔也会失灵。"

由于没发现有用的线索，汤尼很快带着狗离开，失踪案件再次了无头绪。

农场主的父母不放弃，他们在镇上到处张贴寻人启事，上面有艾迪的大头照，他的嘴里叼着一根雪茄。

（110）

知道自己那个出色的儿子就要从澳大利亚归国，章老太太忙上忙下，只差把屋子从里到外全擦拭一遍。

"老章，妳这是干嘛？怎么新年未到就开始大扫除？"邻居问起。

"我打扫是因为儿子要回国了，算一算已经十年未见。"

"就是那个在澳洲开矿的儿子？"

"正是。"

章老太太的儿子95年到坎培拉留学，拿到学士学位后被一家矿产公司雇用，给办了居留，便堂而皇之地留下来。由于表现突出，他被矿老板重用，并进一步成为股东。要知道，中国人在外国公司当股东，那可是非常扬眉吐气的事，章老太太没少传播过，现在小区内的居民都知道章家有这么一位炙手可热的青年才俊。

到了归国那一天，小区内站满望眼欲穿的人潮，大家都想看看外国来的矿老板长什么样（流言传来传去，现在章老太太的儿子已经从矿产公司的股东晋升为矿老板）。

果然和想象中一样，来者不仅气场十足，脖子上还戴着一条手指粗的金链子，这不就是传说中有钱人的样子吗？

章老太太送走登门打招呼的邻居，又和很少来往的亲戚吃了顿饭，关上房门后，这才终于能坐下来和许久未见的儿子谈心。

"这次可以待多久？"她问。

"两个礼拜。"

"钱够不够用？"

"够。"

"不够的话，我这里……"

"妈，我说了，够用。"

见儿子开始不耐烦，章老太太噤声了好一会儿，最后还是决定把悬在心口上的话说出来。

"你也三十好几了，有没有……"

"没有。"他很快地答，"哪个华女愿意嫁给矿工？白种女人妳又有意见，妳让我怎么办？"

章老太太见过那个女的，红头发，白白胖胖的，脸上还有数不清的雀斑。听说是做美甲的，怎么比得上拥有学士学位的儿子？

"是不是……是不是娶了她就能马上拿到澳洲身份？"她小心地问。

"没那么快，但最终能拿到。"

章老太太陷入沉思，这把年纪还得重新拿起课本学 ABC，真要折煞她了！

（111）

小薇的理想对象是霸道总裁，他可以负天下人，却永远不会负她，可惜寻寻觅觅后，她遇到的是一个大渣男（总裁是假的，霸道是真的）。相处两年下来，她身心受创，是那个叫震华的男人把她从痛苦的深渊里解救出来，并且给予无微不至的关怀与照顾。

然而一年过后，小薇还是提出分手，震华神情哀伤地问原由。

"和你在一起，我不能呼吸。"她答。

"薇，我不懂，妳能讲得再清楚些吗？"

小薇知道震华是个好男人，但內心深处，她还是想找霸道总裁。

"我讨厌你！这够清楚了吧？！"说完，她头也不回地走了。

流言蜚语很快传开，多是指责她白眼狼。为了自保，小薇不得不诋毁对方，在她的"口诛"下，震华甚至比那个曾让她身心受创的男人还要糟糕。

这一天，小薇意外碰见许久未见的震华。她深吸一口气后，假装无事地继续前行，就在擦肩而过之时，震华骂道："贱！"

刹那间，小薇喜极而泣，她等的就是这一句。

（112）

伊本赫是个暴君，在他的野心统治下，民不聊生，导致暗杀行动不断。

阿布因长得像伊本赫，成了暴君公开场合的替身，好几次与死神擦肩而过。

虽然有替身代劳，但伊本赫偶尔也得亲自参与，就在一次与游击队首领私下会面之时被摆了一道，目前生死未卜。

阿布的心里七上八下，如果伊本赫真的丧命，代表他失业了，家里上有老，下有小，这如何是好？

几天过去后，参谋长找他讲话。谈话过后，阿布面如死灰地回家。

"怎么了？"他的太太问。

"伊本赫死了。"

"这是好事呀！你终于可以从事别的工作，省得我每天提心吊胆的。"

"参谋长要我保守秘密并且继续工作，直到他想好伊本赫的罪状以及公开行刑的时间。"

听完，阿布的太太泪如雨下。

（113）

贾桂琳的侦探小说系列已经写到第15本，她也赚得盆满钵满，出版社社长看到她就像看到财神爷，笑得合不拢嘴，但这一天，他却笑不出来。

"妳的意思是从此改写科幻小说，而且不使用贾桂琳这个笔名？"社长问。

"是的。写了快三十年，我笔下的罗探长也白发苍苍了，是时候停笔。"

"就算不写侦探小说，妳也可以继续使用'贾桂琳'这块金字招牌。"

"放心，即使不用贾桂琳，我也一样能在短时间内成名，毕竟功力还在。"

两年后，科幻小说《神乎其神》出版了，作者是问苍天，一位名不见经传的新人。

当销售报告出炉后，社长心急如焚，但仍堆起笑容对贾桂琳说："看来科幻小说不是妳的强项，要不，再继续写侦探小说？"

为了让自己无后路可退，贾桂琳把最后一本侦探小说给写死了（书中的主要人物全丧命），这要如何衔接？

社长一听，仿佛天塌了下来。

考虑再三，这个男人决定在家开个小型派对，邀请文化界的朋友参加。

酒过三巡，有人问起贾桂琳何时出新书？社长"适时"酒后吐真言。没多久，消息不胫而走，《神乎其神》大卖，出版社不得不连夜加印。

"哎！是金子总会发光。"贾桂琳感叹，然后在自己的新书首页上签下"问苍天就是贾桂琳"八个字。

百花镇上出现了一个会法术的骗子，第一个说出真相的是徐大爷，他花了两千元买入一个假银元，直到快被家人的唾沫星子给淹死，他才一五一十地道出整个被骗过程。

他一供诉，被骗的人纷纷站队，承认若不是被骗子的"摸头术"给害了，绝不会做出傻事。

同一时间，太平洋对岸的佩里斯画廊也因售出假画而处于风口浪尖。

"针对这个结果，我深表遗憾与歉意，但我强烈怀疑对方趁我不注意时以真换假，这不代表我的专业鉴赏能力不够。"鉴定师古奇对记者说。

后来徐大爷被家人原谅，古奇也重回佩里斯画廊，毕竟他们只是防人之心不够，不是真的愚蠢。

（115）

山上有座庙，年久失修，已经摇摇欲坠。有一天，一个外地人上山来，经过寺庙时，他祈求自己卧病多年的母亲能早日康复，如果实现了，他将斥资修庙。

几个月后的某天，一卡车一卡车的建材忽然往山上送，当地人一问起，工人便把这个传奇故事给转发了。

"奇怪，这座庙已经在山上有几十年了，怎么没听说过这么灵验？"二狗子想着。

怀着半信半疑的心，他上山拜拜，没多久他的媳妇儿就为他生了个带把的，足足有九斤重。

这下子炸开锅了，山下居民纷纷上山祈福。一传十，十传百，很快周边邻里都知道山上有个很灵验的庙，这个消息像野火燎原，连海外华人也前来祈求神明保佑。

当山下通往山上的道路修好后，沿途商店也一家紧接着一家地开，让信徒们在拜拜的同时也能采购一些纪念品及当地特产回家。

你若问起修路者及商店老板是谁？答案全指向一个叫程俊生的人，他的母亲在他三岁时就已过世。

（116）

在医院里，小琪看到了母亲，她躺在病床上，两眼无神地看向窗外，手里拿着一个苹果。

小琪走过去，喊了一声："妈。"

她的母亲看见是她，很是激动，抱着她哭了又哭，手里的苹果滚落到地上。

"妈，别哭了，别人都在看我们。"小琪说。

她的母亲这才停止哭泣，接着问她怎么现在才来？

"下星期有考试，我想背完英文单词再过来。"

"小琪，我……"

"别说了，"她弯腰拾起地上的苹果，"我削苹果给妳吃。"

小琪等母亲吃完苹果才离开。

巡房的院长问起9号病床的病况，护士答："今天终于开口说话了，但自言自语的，让人心里发毛。对了，她还吃了苹果，所以暂时不用输营养液。"

"她的女儿……"

"没抢救过来，否则她也不会在这里。"

"看好她，别让她跳楼。"

"知道了。"

小琪走出医院时，往上看了一眼母亲的病房窗口，那个高度和她当时站着的高度几乎一模一样。

（117）

很久以前的原始人每天游山玩水，饿了就狩猎捕鱼或采集野果，病了就听天由命，不用上班上课，也不用烦恼明天。

几千年后，人们终于成功地把自己禁锢起来，每天在固定的地方重复同样的动作，这个过程叫做"进化"。

（118）

好不容易得来年假，丽雅报名参加欧洲八国15日游，把一直心心念念的国家一次看个够。

当飞机抵达第一站维也纳时，丽雅在机场商铺内发现一个巴掌大的莲花水晶，美得不似人间物。

考虑了几秒钟，丽雅决定买下，这给后面的行程带来不小的麻烦，因为水晶易碎，她不得不时刻小心。

当假期结束，就在行经国内机场商铺时，丽雅赫然发现一模一样的莲花水晶。

"仿的总是次。"她冷哼一声。

（119）

他是离异两年的黄金单身汉，她是知名度很高的国民妹妹，两人在一次聚会中天雷勾地火，很快走入婚姻殿堂。

一个在商场上打滚多年的老油条不会不知道婚姻的潜在风险，他早早留了一手，即使国民妹妹想结束婚姻也带不走他的财产。

当性丑闻爆发后，国民妹妹泪如雨下地问老公："你爱我吗？"

他当然爱她，除了姣好的面容，他还爱她身上的流量，一个老婆堪比一个广告团队，他怎能不爱？

"当然爱妳啰！宝贝儿。只是男人的性与爱是可以分开的，妳得清楚这一点，否则就是自讨苦吃。"男人答。

她不想吃苦，所以选择原谅。

然而几年过去之后，他们还是分开了，她另择高枝，他则被列为失信人员，连高铁也无法乘坐。

现在一提起国民妹妹，群众脑海里闪过的除了女性上位史外，还包括渣男落难篇。

"哎！千算万算没算到这一步，现在我被钉在耻辱柱上，早知道就打光棍一辈子。"他哀声叹气地说。

（120）

孔子跟顺治皇帝讲了一个故事，她说："在南极无人区有个北极熊动物园，那里的北极熊每胎都能生两个，于是工作人员耍了个小手段，当公熊生完宝宝，他们会抱走其中一只。公熊一看数目不对就继续生，工作人员也持续抱走，到现在那些公熊还生个不停……"

什么？荒唐至极？哈哈！不过是个故事，你怎么就当真了？

三只蟋蟀在比惨。

大嘴蟋蟀说他的嗓子哑了，唱不了歌。

长腿蟋蟀说他的腿瘸了，跳不了舞。

第三只蟋蟀说："我唱得了歌，也跳得了舞，但每天活得像个人类。"

大嘴蟋蟀和长腿蟋蟀一致认为第三只蟋蟀最惨。

（122）

陈生从少管所出来不到两个月又入狱，这次比较糟糕，他杀死了一名流浪汉，即使没被判死刑，大概也要在牢里待上大半辈子。

薛医生从事青少年的心理健康研究已有数十年，在国内小有名气，他获得和陈生面谈的机会。

"你没杀对你缺乏关爱的父母，也没杀看不起你的班主任，更没杀拒绝复合的前女友，却偏偏杀一个看似跟你毫无交集的流浪汉，而且连杀数十刀，刀刀致命，你能告诉我为什么吗？"薛医生问。

"我不知道，"陈生停顿了一下，"不知道，不知道……"

离开看守所前，所长对薛医生说："现在的孩子真难管教，动不动就杀害无辜的第三者。"

"其实他杀掉的是他自己。"薛医生苦笑着答。

强纳生出生时没哭，医生还多打了两下屁股，依旧不哭，不禁啧啧称奇。

长大后的强纳生依然"坚强"，倒是他的母亲经常落泪，因为自己的孩子老是受伤，不是皮开肉绽就是骨折，搞得医院里的医护人员皆认识这个"顽皮"的孩子。

其实不是强纳生顽皮，而是他天生缺乏痛感，即使有人生剥他的皮，他的眼睛眨也不眨一下。这个秘密他只告诉一个人，那就是他的初恋女友。

"我这样打你，"她轻打他的臂膀，"痛不痛？"

“不痛。”

“这样呢？”她轻吻他的唇。

这是第一次强纳生有了触感以外的感觉。

“不痛，但有触电的感觉。”他答。

当女友车祸身亡的消息传来，他在他们初吻的大树下跪了下来。

“好痛……好痛。”他捂着胸口说。

这次强纳生终于感觉到疼痛。

（124）

失业大半年后，刘伟页终于找到工作，那就是陪老女人网聊。

"想办法让她爱上你，然后就能予取予求了。"领导说。

"这不是传说中的'杀猪盘'吗？"刘伟页问。

"富贵险中求听过没？"领导沉下脸来，"我看你还是走吧！少在这里闹事。"

刘伟页最后还是留了下来，因为再不交房租，房东就要赶人了。

他在网上遇到的第一只"猪"是个老白领，被他骗走了85万；第二只"猪"则是个单亲妈妈，据她自己陈述是个重度抑郁症患者。

刘伟页本来想以情人的姿态与单亲妈妈交往，后来发现她需要的是有人倾听，于是化身心理治疗师。

"有时我真想往窗外一跳，一了百了，问题是放不下儿子。"她说。

时光一下子回到十多年前，当时母亲也曾这么对刘伟页说。

自从知道母亲有轻生的念头之后，年仅九岁的刘伟页终日惴惴不安，好害怕会失去最挚爱的人。然而说的次数一多，他也烦了，在一次争执中，刘伟页咆哮着："妳怎么不去死？我希望妳马上在我眼前消失。"

当晚母亲真的跳楼了，刘伟页成了孤儿。

打从那天起，他就没睡过一个好觉，谁能想到长期失眠的他也活了这么多年。

"妳不能跳楼，生命还有很多可能性，千万别做傻事。"刘伟页对单亲妈妈说。

在他的开导下，这位有心理疾病的女人明显开朗许多。

领导后来发现刘伟页的业绩太差，让他赶紧"杀猪"，他不得不向单亲妈妈推荐一个"稳赚不赔"的理财产品。

单亲妈妈说她不懂这个，要他出来面谈。谁知刘伟页一现身就被逮捕，原来他被钓鱼执法了。

"妳就是那位单亲妈妈？"刘伟页问其中一名警察。

"是的。"

她看起来像四、五十岁，如果母亲在世，应该也是这个年纪。

当晚刘伟页被羁押在看守所内，这是打从他害死母亲以来第一次睡了一个好觉。

（125）

阿宝是个五岁大的男孩，他的父母为了做生意，经常把他关在家里，虽然有心爱的咸蛋超人作伴，久而久之也会发狂。有一天，他终于爆发了，把手中的咸蛋超人砸得稀巴烂。

Peggy是一只五岁大的虎鲸，海洋公园为了招揽顾客，让它在一千平米不到的水池内做表演，虽然训导员对它很好，久而久之也会发狂。有一天，它终于爆发了，把训导员拖进水池里撕咬。

三十年过去后，一位有钱的大毒枭（宝爷）买下Peggy，并且连夜将它放回大海。

“啊！自由的滋味真他妈的爽。”大毒枭
迎着海风狂笑不已。

（126）

每年的复活节假期，比尔都会飞到芝加哥见前女友，这个惯例已经持续了十九年，今年是最后一年。

"明年起，我们不再见面了。"比尔说。

"好的。"佩妮答。

假期结束后，比尔飞回华盛顿，佩妮飞回西雅图，如无意外，今生将不会再有交集。

隔年的复活节，比尔照例出门，不过这一次是去探望生病的老友，当晚即回。他没告诉妻子，打算给她一个惊喜。

夜幕低垂，比尔开车回家，发现家门口停了一辆重型机车，上面布满了灰尘。

从车牌号看，来自佛罗里达州，离华盛
顿约1700公里，连续骑也要骑上十几个
小时……

尹奠员像个僧人一样地活在都市丛林里，他不争不抢，连老板苛扣工资，他也不哼一声。

这一天，他又没挤上公交车，到公司时已错过打卡时间，不仅这个月的全勤奖没了，还被扣掉五十元工资。

"老尹，你家是不是有矿？否则这样东扣西扣的，到手不知还有没有四千。"同事小余问他。

"没矿，不然我也不会租住在郊区，每天六点即起。"

"那么……"

"实话告诉你，这和我的人生哲学有关。我认为世间所有事都已被安排得好好的，看似错过或损失，也许只是逃过一劫。"

没多久，老板跑路，全勤奖及当月薪水都成了泡影。

当同事们议论纷纷时，尹奠员闷不吭声地打包东西。由于抱着一个纸箱，他没能挤上公交车，后来听说那辆车在下一个街口发生严重车祸，死伤好几人。

没有了工作，尹奠员每天上网投简历。某天，一家公司的人事给他打来电话，要他下星期一上班，试用期每月八千元，提成和奖金另计。

显然，新公司给的待遇比上一家好，而且工作地点离他的租处只有三站地，他不用太早起，可以多睡一个小时，可是他却高兴不起来。

"哎！"他眉头深锁，"世间所有事都已被安排得好好的，看似迎上或得到，也许只是……在劫难逃。"

（128）

艾登15岁时突然想发奋图强，努力了三年终于考上牙医系。在国外，牙医是个挺赚钱的行业，因为不在医保范围内。

又努力了几年，艾登终于拿到行医执照，以现在的收入论，算是衣食无忧且每月都有结余。

这一天，艾登的太太又为不长进的儿子烦恼，再这么下去，恐怕连最差的大学都进不了。

"亲爱的，妳要做的不是让他记多少，而是让他能容纳多少。哪天他想通了，潜力自然爆发出来，不用着急。"他对妻子说。

"如果他一直想不通呢？"

"他会想通的。"

当儿子杰伊15岁时，艾登把他叫过来进行"男人与男人间的对话"。

"你的意思是只要努力不超过十年，剩下的日子可以不用再为钱发愁。"

"是的，如果不属实，你回来找我。"

杰伊后来成为一名刑事律师，和那些从小优秀的孩子比，一点儿也不逊色。

这一天，杰伊的太太又为不长进的儿子烦恼，再这么下去，恐怕连最差的大学都进不了。

"亲爱的……"他对妻子说。

（129）

Yann左看右瞧，最后在衣服的胳肢窝处剪了一刀，设计师发出赞叹声。

说出来你可能不信，Yann的副业就是在衣服的样品上动手脚，但凡被他"指导"过的都能卖到断货，所以各大公司的设计师们无不纷至沓来，只有Adrien不以为然，他认为这是哗众取宠。

然而现实是残酷的，Adrien绞尽脑汁所设计出来的东西就是乏人问津，公司已经暗示他要嘛随波逐流，要嘛打包走人。

考虑再三，他决定服软，请Yann为自己的样品"画龙点睛"。

就在那个气派的办公室内，Yann盯着样品好一会儿，最后在衣服上掸了两下。

"就这？" Adrien惊讶到不行。

"没错。"

结果那件宝蓝色泡泡裙立即成了时下最流行的抢手货，生产线上的工人不得不连夜加班。

Adrien佩服得五体投地，问 Yann施了什么魔法？

"哪天你成了这个国家的王储，做什么都是对的。"他答。

（130）

段启华考上北大时，他的父亲买来五米长的鞭炮，噼里啪啦的声音让整个村子都笼罩在喜庆之中。那几年，他的家人走路都带风，段启华不仅成了全村的骄傲，更是村里孩子们的学习榜样，所以当这个天之骄子打算毕业后卖肉夹馍时，掀起了家庭革命。

"如果想卖肉夹馍，何必读北大？初中毕业……不，文盲也能卖。"他的父亲气鼓鼓地说。

"华仔，你是不是缺钱？妈还有些首饰，卖了可以支持你直到考上公务员为止。"他的母亲来软的。

段启华想卖肉夹馍非临时起意，他希望能把这个中国式汉堡发扬光大，做到媲美麦当劳，甚至超越，可惜他的家人不理解。

创业的前几年，段启华吃了不少苦头，一度因付不出店租，改为推着小车沿街叫卖。

因他的一意孤行，他的家人走路已经不带风。村民的改变也相当及时，他们拿段启华当反面教材，告诫孩子们千万别学他。

当"华华肉夹馍"获得亿万元注资且全国加盟店破百万家时，段启华的父亲逢人便说："读书还是得读北大，别人开肉夹馍店只能糊口，北大人开肉夹馍店可以做到上市，这就是差距。"

现在段启华的家人走在村子里像大风刮过，每个人都流露出倾羡的眼神，像看一张张行走的钞票……

（131）

当中介把公寓钥匙交给蒂娜时，她感动到落泪，为了凑齐首付，她吃了多少苦、受了多少累，这下子总算是苦尽甘来。

蒂娜的算盘是这么打的，每月的房贷约五百英镑，虽然和之前的房租齐平，但好歹三十年后房子是自己的，不用害怕被房东驱赶。

然而人算不如天算，直到被催交物业费，同时收到地租账单，蒂娜这才发现买房前所认为的"小"支出，现在成了压垮骆驼的最后一根稻草，因为她……失业了。

"没事，我应该感谢自己还有住的地方，何况我很快会找到工作。"她为自己打气。

蒂娜的确很快找到工作，但薪水不若以前多，这坏了她的还款计划，不得不把其中一个房间出租出去以解燃眉之急。

这天下班后，她有一个小时的吃饭时间，紧接着又要到餐厅端盘子。不知怎的，她决定不吃，而是找个地方坐下来反思。

为了一个房子，蒂娜已经拒绝社交五年多，生活用度也降到最低（她甚至曾到烘焙店外的垃圾桶去捡拾被扔掉的隔夜面包），度假就更别提了，足迹最远不超过五公里。

"到底是什么让我过得这么累？"她捂着脸叹息。

从餐厅打工回来后，蒂娜发现租户又把厨房弄得一团糟，浴室还到处是水印子，这下子她炸开了，决定终止这一切。

几个月后，有个英国女人在意大利的西西里岛上贩卖炸鱼薯条，每天只卖100份，卖完就收摊，然后到酒吧买醉，不醉不归……

（132）

谁能想到作家梦菲竟然被自己的粉丝给囚禁起来了。

"是妳，是妳害了我，如果不是被妳的梦幻故事所蛊惑，我不会掉进爱情陷阱里，这辈子算是栽在妳手里。"粉丝手持着刀，歇斯底里地哭诉。

梦菲先让粉丝平静下来，问清她的遭遇后，表示会写一篇还原现实生活的短文，也算是弥补自己的过错。

"好，我给妳三天的时间，如果文章让我不满意，我不介意与妳同归于尽。"粉丝说。

梦菲振笔疾书，以三天的时间完成三万多字的短篇小说，创下自己的写作速度记录。

"写的什么东西？！"粉丝愤怒地将草稿纸洒向空中，"连拉屎、放屁、挖鼻孔的事也写下来，这是什么破烂故事？"

"洪语，这就是妳要的现实生活。如果我写的尽是这些琐事，谁还会有兴趣阅读？就是因为生活不易，所以才需要做梦。"

看粉丝有所犹豫，梦菲乘胜追击，说："听着，只要放我走，一年后我保证改变妳的人生。"

粉丝最后放走梦菲，但仍语带威胁，如果斗胆敢报警或出尔反尔，绝对让她生不如死！

一年后，梦菲的新书《昨夜星辰》出版了，据作者言，这本小说是根据真人真事改编。广大的读者阅读过后无不同情书中女主角的遭遇，他们请出版社代为转达安慰及鼓励的话语，同时网暴方石韫。

小说出版后两年，梦菲一直相安无事，直到……

"是妳，是妳害了我，如果不是……"方石韫手持着刀，歇斯底里地哭诉。

（133）

加索尔开着警车在高速公路上巡逻，嘴巴也没闲着，一口一个地吃着坚果。

突然，他发现前方路肩停着可疑车辆，于是减速靠边。下车前，加索尔不忘抓了一把坚果塞进嘴里。

没等他接近目标，车内的小伙子打开车门逃逸。加索尔追了上去，及时用手铐拷住他的双手，然而糟糕的事情发生了，坚果卡在加索尔的喉咙里不上不下。

小伙子趁机逃跑，没多久，他又跑回来，在警察的裤兜里顺利找到钥匙，成功解开手铐。

"救……救……救我！"加索尔含糊不清地说着。

考虑了几秒钟，小伙子还是施予急救，直至坚果吐出来为止。

加索尔获救后开始腹痛，他冲进路边的树林里如厕。

"喂！你还要多久？"小伙子等得不耐烦，哈欠连连。

"还要很久很久。"加索尔答。

小伙子突然福至心灵，他跳上车，加速逃逸。

（134）

张千亿的父亲张百亿总告诉他朋友圈的重要性，就拿传销来说，都是穷人拉穷人入坑，如果自己身边没穷鬼，就不可能惹祸上身……

类似的言论一说再说，张千亿已经彻底被洗脑，他要当人上人，和成功人士交朋友，接着携手共赢。

某天，张百亿脸色铁青地对儿子说："宏兴集团的老总设了个局，我一时脑热，现在钱要不回来了，打官司也远水救不了近火。"

"什么意思？"

"意思是咱家破产了。"

张千亿的世界骤然倒塌，说好的携手共赢呢？

现在的张氏父子做起了微商，收取入会费及鼓励人拉人。没办法，如今他们的身边都是穷鬼。

（135）

一进大学，范直巍就被一个穿白裙子的女生所吸引，所谓的仙气飘飘也不过如此。

这一天，他鼓足勇气拦住刚走出教室的小仙女，问能不能加她微信？

"怎么，你想追我？"小仙女反问。

范直巍涨红了脸，一句话也说不出来。

小仙女倒很大方，不仅加他微信，还给了手机号，同时约他晚上看电影。

范直巍本来只想尝试击球，没想到球击出去了，还站上了一垒，直呼好运。

更甚的事还在后头，看完电影，小仙女拉他到酒店开房，自己的第一次就这么交付出去，感觉很不真实（他以为想要"全垒打"起码是半年以后的事）。

同学们知道他和小仙女走在一起后，投来暧昧的眼神。他不以为意，仍然和"女友"打得火热，还是学长看不下去，告诉他王秀影是公共汽车。

"什么意思？"他问。

"就是人人都可以上的意思。"

刹那间，他感觉天旋地转。

打从那时候起，范直巍频繁地洗手，惟有这样，他才感觉自己是干净的。

"虽然我的手脱皮了，但没到入院检查的程度才是。"范直巍对校医说。

"手的问题不大，一管软膏就能解决，比较严重的是王秀影染上艾滋病了。"

范直巍再次感觉天旋地转。

一个月后，他入院接受治疗，倒不是因为艾滋病。

"最近还感觉肮脏吗？"心理医生问。

"嗯！"答完，他又用湿毛巾擦手，一遍又一遍。

（136）

颜可岚是个很安静的女孩，连声音也是柔柔细细的，让尤海昌有初恋的感觉。当然，这绝对不是他的初恋，已经出社会近三十年的他，孩子都已经上大学了。

这一天，颜可岚把卷宗交给尤海昌签字，后者问她转正了没？

"没，人事说还有两个月的观察期。"她答，声音小得像蚊子在叫。

"两个月一眨眼就过，好好干，妳一定能转正。"

虽然经理讲的话不痛不痒，但听在颜可岚心里却很受用，在这个人情淡薄的公司里，总算还有一丝温暖。

然而正是这个伪善的人向她伸出魔爪，更可恨的是为了掩盖丑闻，他竟然耍小手段让人事辞了她。

一向柔弱不惹事的颜可岚第一个想到的是死，但她若死了，爱她的家人会多么伤心，于是她把跨出窗户的脚又收了回来。

五年后，尤海昌的儿子第一次带已经谈婚论嫁的女友回家。为了迎接即将进门的儿媳妇，老俩口忙活了半天。

"哇！漂亮漂亮，儿子的眼光就是好，请进。"尤海昌的太太说。

席间，气氛相当诡异，四个人当中倒有两人沉默得紧。

送走客人后，尤海昌把儿子单独叫过来讲话，表明不同意这门亲事。

"为什么？"他的儿子问。

"因为……因为她曾经是我的下属，我知道她的人品很差。"

"你是……尤经理？"

"是……不，不是……"

他的儿子给了他一拳，然后夺门而出。

最后，相爱的两人还是结婚了，尤海昌找了个"急性肠胃炎"的借口躲过尴尬。

婚宴结束后，他的太太告诉他，新娘子竟然还有个四岁大的弟弟，没想到亲家会老蚌生珠……

尤海昌顿时五雷轰顶，想死的心都有。

（137）

长泽沙希第一次动了自杀念头是当奶奶去世时，本来想在葬礼结束后执行，但一想到最疼爱她的奶奶很希望看到她戴上学士帽的样子，于是决定等拿到毕业证书时再自杀。

很不凑巧，沙希在大三时谈恋爱了，男孩说等她一毕业就结婚，这破坏了她的计划。

考虑再三，她决定等婚姻破裂时再自杀。

婚后，他俩有一段幸福美满的时光，可惜沙希的老公没能逃过"七年之痒"，她决定等办好离婚手续再自杀。

没想到刚恢复单身不久，沙希就在大太阳底下晕倒了，被路人送至医院，她才知道自己已经怀孕。

"这下子起码得活到孩子成年才能自杀。"她心想。

现在的沙希已是古稀老人，由于结过三次婚，儿孙能组成一支篮球队，她决定等第一个曾孙出世时再自杀。

（138）

【**本**人为61岁的独居男士，住在环京的平层别墅里，有退休金，无不良嗜好。现征居家保姆一名，年龄40～60岁，未婚或离异均可，无孩（或孩子归前夫）。包日常"正常"开销，无薪，合同每两年一签，十年到期可签终身。签完终身合同，本人承诺离世后，别墅无条件赠予保姆。】

钱秀枝就是看中最后一项才上门应征，并且忍气吞声地熬过十个年头，就在签完终身合同后没多久，雇主竟然罹癌。

"这别墅我肯定是要卖的，否则没钱治病。"雇主说。

"那也行，卖了之后，把这十年的薪水给我结一结。"

"秀枝，除了一纸婚约，我们实际上已是夫妻，一夜夫妻百日恩，懂不？"

"既然你提起，那么把陪睡的钱一并付了。"

话不投机，雇主转身想走，被钱秀枝拦住，并且将骂战升级……

"送医前，患者是否曾情绪激动？"医生问钱秀枝。

"他是足球迷，看到自己支持的球队输了就……"

医生告诉她得有心理准备，患者的高血压诱发了脑血管破裂，情况很不乐观。

当医生宣布死讯时，钱秀枝涕泗滂沱。

"真是个忠仆！"医生心想。

（139）

尼欧因诈骗罪被判入狱一年，他认为不公，但又能如何？还好一年不算太长，忍一忍就过去了，但狱友们可不这么气定神闲，他们有的被判了几十年。

这一天，他偷听到狱友计划五天后制造暴乱，然后趁机逃逸。

他大呼不妙，那天可是他出狱的大日子。

天人交战许久后，他决定出卖狱友。典狱长听说后，不动声色。

"拜托，千万别说是我说的。"尼欧哀求。

"知道了。"

隔天，尼欧在洗衣房內突发心脏病暴毙
。

监狱依然如期暴动，在这场混乱中，有
2/3的服刑人出逃，但只有大毒枭瑞奇没
被抓回。

典狱长因这次失职被降级了，但和一千
五百万比索相比，真不算什么。

（140）

简顺德替这栋楼的1808房做装修，除了第一期收到款外，其他都遥遥无期。眼看就要完工了，可是屋主仍找借口推脱，他一气之下，上到最顶层，打算抽根烟，缓缓自己的情绪。

一推开天台的门，他看到的是毫无遮挡的天空，顿时感觉神清气爽。

他掏出烟来，然后坐在半人高的围墙上吞云吐雾，底下的行人像蚂蚁一样小，匆匆来又匆匆去。

没多久，他看到"哇呜哇呜"的救护车由远及近，紧接着黄色气垫也鼓了起来。

77

"这在搞什么？"简顺德边抽烟边自言自语，这已是他的最后一根烟。

没等最后一根烟抽完，天台的门被踢开，一群大老爷们带着欠钱的屋主走了过来。

"兄弟，有事好商量，屋主我给你带过来了，有什么诉求，你说！"一个看起来气场十足的人把屋主往前一推。

简顺德还没开口，屋主马上表示给他打钱，现在就打！

"你看看到账了没？"屋主堆起笑脸问。

简顺德打开支付宝，果真到账，于是他动了一下身子。

"喂！兄弟，"气场十足的人如临大敌，"钱给了，你怎么还想不开？是不是还有诉求？"

简顺德压根儿没想寻短，他不过是想从墙上下来。

"阿德～"一个女子哭着出现，"我……我还是爱你的。千万别做傻事，我和阿宽已经断了，孩子是你的。"

说话的是简顺德的女友阿梅，自从她宣布怀上了，他一心想着拿到装修款就回老家筹办婚礼，怎么就扯上阿宽？

"已经断了？"他问。

"嗯！我发誓今后不再和他……和他那个。"阿梅哭得惨兮，倒像她才是受害者。

简顺德要求见自己的亲弟弟，等了三个多小时，那个畏畏缩缩的男子才出现。

"你和阿梅是怎么回事？"他质问。

"没怎么回事，跟她不是真的。"

话一答完，阿梅揪住阿宽，问他为什么不是真的？他明明承诺过要永远爱着她……

简顺德感觉天崩地裂，他用心呵护的弟弟，即使自己饿肚子也要让他吃好喝好的弟弟竟然会倒打他一把，惨绝人寰也不过如此。

由于在大太阳底下待了很长一段时间，加上深受打击，简顺德眼前一黑，什么也记不住了。

从那么高的地方坠落下来，身体通常会断开来，这可不，简顺德的大腿就躺在黄色气垫上。

今天，侯敬辰被儿子的班主任请去喝茶，说有件大事要宣布，他的心七上八下。

"侯先生，你儿子经专家测试，智商高达180。如果不反对，X大龚教授有一系列的培养计划，这是光耀门楣的机会，你看……"班主任说。

果然晴天霹雳！

侯敬辰的父亲早年是个音乐苗子，打小就住进音乐学院的顾教授家里，由于长期离家及缺乏同辈间的互动，个性变得非常孤僻，即使后来成家、有了孩子，依旧只顾弹琴，一年365天，倒有300天在外巡回演出。当掌声和荣誉如同雪片般飞来时，只有侯敬辰及其母亲知道这是牺牲了什么换来的，如今，他是否要让历史重演？

"谢谢龚教授的垂青，但我希望小贤能和其他孩子一样以正常的速度成长，所以请帮我回绝他。"侯敬辰说。

班主任简直不敢相信自己的耳朵，怎么会有如此"眼光短浅"的父亲？

"我认为你应该跟太太商量，也许她有不一样的想法。"班主任建议。

侯敬辰看了一眼手表，答："不出意外的话，她即将上场和李娜打网球大师赛，小贤已经有五个月没见到妈妈了。"

（142）

小时候，老师总爱让小朋友写《我的志愿》，柳叶眉要嘛写有教无类的老师，要嘛写悬壶济世的医生，总不会出错，但实际上，她最想做的是当一只笼子里的金丝雀，每天衣食无忧，就算失去自由又如何？

潘冬凌听完好友的心声，笑不可支地说："妳真没志气！我不一样，我要当翱翔蓝天的秃鹰。"

现在的潘冬凌从996（早九晚九，每周工作六天）升级到715（每周工作7天，一天工作15个小时），钱包是鼓起了，但没时间花。

柳叶眉对她说："我怎么觉得妳也被关进笼子里了？"

潘冬凌冷哼一声，答："至少我可以选择什么样的笼子。"

当潘冬凌跨过35岁的门槛时，她发现只有破烂不堪的笼子还为她敞开大门……

（143）

沛菡走到窗前，文峰真的还伫立在风雨中，一动也不动。

"快打把伞过去解救他吧！"室友梅芳说。

"不去，让他长点儿记性。"说完，沛菡重回床上继续读简·奥斯汀的爱情小说。

梅芳叹了口气，拿了把伞下楼去。她的伞是卡通伞，经常被沛菡取笑。

谁也没料到"物是人非"会来得如此之快，简直让人措手不及。

"文峰，你还记得曾为我风里来雨里去吗？你是爱我的，我知道。求求你，别离开我好吗？"沛菡泪眼婆娑地祈求着，不见平日的趾高气扬。

文峰无疑爱过沛菡，但她太能作了，把他的耐心全给磨光了。

见文峰去意已坚，沛菡也只能放手，让时间抚平她的伤口。

这一天，沛菡走到窗前，赫然发现文峰又伫立在风雨中。

"是他，他又回来找我了。"沛菡几乎要喜极而泣。

此时，楼底下出现一把橙色伞，伞面上的喜羊羊裂开了嘴，像在嘲笑某人。

（144）

自从茂华去医院探病，在楼道间捡到一个信封后，他终日惴惴不安，原因在于信封内有两百元和一张纸条，上面写着：买你阳寿十天。

虽然十天也不是挺多的，但他就是不舒服，总感觉死神就跟在身后。

朋友小周听完茂华的心事后，给他支了个招，很快，这个城市便信封满天飞……

（145）

很多画家在世时穷困潦倒，但荷兰画家凡糕不一样，他的画作等闲也要好几百万法郎一幅。代理他的作品的是画商题傲，他是凡糕的弟弟，在巴黎开了一家画廊。

由于凡糕年少得志，他慷慨地租下一个大房子，让艺术家们都能无后顾之忧地在此大展拳脚。然而凡糕实在太难相处，艺术家们先后离去，只剩下膏根一人。

没想到几个月后，连这位惟一的"同好"也离他而去。凡糕伤心地割下自己的耳朵，隔年以九百万法郎的售价售出自画像《少一只耳朵的凡糕》。

87

1890年7月27日，凡糕扔下尚未完成的画作《树根》外出。三个小时后，他站在麦田中用手枪对准自己的胸膛，随之而来的枪声惊起了麦田中的乌鸦，就是两个礼拜前曾经出现在他的画作《麦田群鸦》中的鸟儿……

（146）

天是9月16日星期五，座标：北京。

当老公和孩子们都出门后，宛君把白裙子拿出来烫，她没忘记振宇喜欢看她穿白裙子的模样。

一个小时后，宛君的白裙子皱了，振宇帮着抚平，然后对她说："下星期五，我要到上海出差。"

宛君随即露出失望的表情。

"小傻瓜，"他轻点她的鼻尖，"我还会回来，下下个星期五，咱们不见不散。"

振宇的房间墙壁上有个挂历，9月16日的位置上写着"京"。宛君走后，他在京字上打上V的符号，接着指着9月23日，说：“妳等着哈！”

9月23日的位置上写着“沪”。

这是诺福克公爵及其夫人卸下皇室工作的第一天，他成了爱德华，她则成了柏莎。

"房子外肯定又是长枪短炮，真不知道什么时候才能耳根清静。"柏莎边抱怨边挑选合适的珠宝，她随时随地都留意自己的公众形象。

当他们携手走出屋外时，面对的是三两个行人以及偶尔呼啸而过的车子。

"呵呵！乡下就是这样，安静得很。"爱德华说完，拉着夫人进屋。

少了聚光灯，爱德华很自在，但柏莎不一样。

"亲爱的，妳哪里不高兴？"爱德华问。

"哪里不高兴？如今没人再关注我们了。"

"这就是自由，也是我们一直响往的生活，不是吗？"

很快，柏莎便发现糟糕的事还不止此，现在他们甚至还得自己关车门。（注：皇室成员向来由侍从关车门。）

（148）

二　十岁那年，尔琴认识了同年的厦宇，他是望远集团总裁的长子，未来企业的接班人，前途一片看好。

虽然尔琴的家世不差，算得上殷实，但仍无法与条件优越的厦宇相提并论。心明眼亮的她往后退一步，以知心朋友的身份常伴厦宇左右，甚至替他的交往对象出谋划策。

三十四岁那年，厦宇告诉尔琴他累了，身边的美女来来去去，无非都是为了他的地位和钱，而且往往交往不到半年就让他产生审美疲劳，现在的他更看重个性……

"你觉得我的个性怎样？"尔琴问。

"挺好的，否则我们也不会当了十几年的朋友。"

"那么……"

厦宇从未想过这个可能性，要求给他三天的时间。

三天后，厦宇问尔琴愿不愿意尽快有孩子？他的父母抱孙心切。

"当然，我喜欢孩子。"尔琴答。

他们的婚宴办得风风光光，席开200桌，政商名流都参加了。

餐厅经理已经下了严格的封口令，禁止员工评论新娘子那近190斤的身材，有违者，当场开除！

李明姜自认为是个倒霉鬼，高考差了０.5分，落到了二本大学，害他困在二线城市里发霉；考研笔试通过了，面试却被刷下来，那也太背了，不得不马上投入工作；找工作时本想当个码农，结果当了销售，好不容易熬过试用期，正要转正时，公司破产了。

李明姜仰天呐喊："天哪！还有比我更不幸的人吗？刚勉强自己当销售，公司却破产了，这下子又得另找工作。"

姜明李自认为是个幸运儿，高考差了０.5分，落到了二本大学，让他得以欣赏江南风光；考研笔试通过了，面试却被刷下来，那也不坏，早点儿工作也好减轻父母的负担；找工作时本想当个码农，结果当了销售，好不容易熬过试用期，正要转正时，公司破产了。

姜明李仰天高呼："天哪！还有比我更幸运的人吗？不想当销售，公司适时破产了，这下子可以另找喜欢的工作。"

这一天，李明姜遇到姜明李，前者对后者说："没看过比你更矫情的人。"

后者对前者说："多年不见，你依旧是真性情，难得难得！讲一下为什么来这里应征工作。"

李明姜收起防卫的盔甲，正襟危坐地讲起已经准备了一个礼拜的腹稿……

大家都说乔治国王淫乱，其实历史欠他一个公道。

王后生不出男丁，私生子又无法上位，乔治国王不得不以莫须有的罪名将王后送上断头台（他也曾想过以软禁的方式，但王后一天不除名，依旧是王后，他便无法再娶）。

谁能想到娶来的女人依旧生不出男丁，就在迎娶第十五位时，国王私下对她说："我老了，只要能生出王子，我……睁一只眼闭一只眼。"

大家都说乔治国王淫乱，但和最后一位王后比……其实历史欠他一个公道。

Red Block 是个世界知名品牌，以致仿品如雨后春笋般涌现，影响到该品牌的信誉和收入，于是老板决定主动出击，只要捣毁一家造假工厂，奖励五十万欧元。

此令一出，效果非常显著。看着手中一张张触目惊心的照片，老板心想这下子总该治标又治本了吧？！没想到适得其反，因为那些"黑道大哥们"根本分不清真假，把"造真"工厂也一并砸了，更糟的是连老板也搞不清楚是不是自己的厂子，付钱倒付得爽快。

（152）

伊丽莎白把车子开进加油站，加的是最好且最贵的油。

等她付费完毕，坐进那辆百万美元买来的车里时，一个男人从另一辆破旧的车子里走出来，气冲冲地对她竖起中指，同时骂道："婊子！把我给妳的钱吐出来。"

伊丽莎白吓得脚踩油门而去。

回到家，她把身上灰扑扑的衣服换下，再把假发扔到一边，然后坐下来卸妆。卸完妆，镜子里呈现的是一张年轻但毫无生气的脸。

隔天，伊丽莎白换了个地方行乞，即使有亿万家产傍身，这仍是她最能感受到被关爱的方式。

（153）

船业大王朱星桥临终前将所有的财产放进家族基金里，让他那个碌碌无为的惟一儿子能够一辈子衣食无忧。

其实，朱郁飞也想有所作为，奈何魄力不够，既然父亲想得周到，他也乐得游手好闲，直到遇到一位姑娘。

"倩，我已经七十岁了，没几年好活，如果妳一心一意对我，我不会亏待妳的。"朱郁飞对她说。

人们搞不清楚这对男女是父女关系还是夫妻关系，反正朱郁飞留了遗嘱，让杨小倩每年都能领取朱氏家族基金所发放的红利。

杨小倩一辈子也没见过这么多钱，着实放飞了好一阵子，直到遇到一位年轻小伙子。

"友，我已经七十岁了，没几年好活，如果你一心一意对我，我不会亏待你的。"杨小倩对他说。

人们搞不清楚这对男女是母子关系还是夫妻关系，反正杨小倩留了遗嘱，让钟友友每年都能领取朱氏家族基金所发放的红利。

这个循环直到今天还持续着，重点不在那些扯不清的男女关系上，而在朱氏家族基金，只要金融体制还健在，它就会源源不断地钱生钱。理论上，当地球爆炸的前一刻，那位每年固定领取红利的幸运儿，光靠一年的红利就足以买下整个曼哈顿岛。

（154）

张文哲可说是教科书级别的榜样，985大学毕业，进入前五百强企业，妻子是大家闺秀，一儿一女都是三好学生，然而这一切在遇到小水之后，开始有了变化。

小水没有固定的工作，生活习惯也不好，但她像一束光，照亮张文哲原本枯燥无味的世界。

"屋子就不能收拾一下吗？"张文哲捡起地上差点儿害他摔跤的抱枕说。

"整天想你，哪有心情收拾屋子？"答完，小水抱住他亲个不停。

在张文哲的家里，每样东西都井然有序，连餐桌上的摆盘方式也很讲究，汤一定放在正中央，其余四道菜分别在四个象限内摆好。可想而知，只有在小水这里，他才能真正放松。

当东窗事发后，张文哲第一次回到家，差点儿以为走错门了。

"这就是你想要的吗？"他的老婆指着一片狼藉，满脸怨恨地说。

"不，不是，这不是我要的。"

"那么你要的是什么？"

张文哲如何告诉她，这屋子看似凌乱，实则连位置都被安排得好好的。瞧！每个杯口皆朝下，可移动家具全依顺时针方向转45度，连洒在地上的红豆都按大小排成一列……

"我要的是真正的凌乱，像个正常人一样，妳懂吗？"他终于开口。

他的老婆看着他，眼神倒像他不正常似的。

（155）

公司新来了一位员工小张，第一天上班就做了一件"惊世骇俗"的事。

"小张，妳这是去哪里？"经理挡住她的去路问。

"五点了，我下班。"

"咳、咳、"经理咳嗽两声，"妳是新来的，所以不清楚。我告诉妳啊！咱们公司有个传统，领导没下班，员工是不能下班的。再告诉妳，我们这帮老员工都是996的信众，惟有这样，公司才能茁壮，我们的年底分红才会丰厚。"

所谓的996就是从早上九点工作至晚上九点，一周工作六天。

"谁在乎这个？"小张答完，堂而皇之地离去。

大家都坐等小张被处罚（甚至被炒鱿鱼），结果什么事也没发生。

第一个效法的是小徐（他已经在这家公司工作十年以上，也996了十多年，早已形如槁木、面如死灰），当小张准时下班时，他也收拾东西回家，没想到隔天就被人事请去喝茶，在打破一只茶杯后，小徐再也没回到公司。

"杀鸡儆猴"的效果非常显著，"老员工们"继续996，但招来的年轻员工可不吃这一套，他们像小张一样，下班时间一到就走人，人事也拿他们没办法，因为合同上明确写着每天工作八小时，一个月有两个大周末。

这种差别待遇让公司弥漫着一种不和谐，然而即使"委屈求全"，大部分的"老员工们"还是在35岁时被劝退，更新换代的结果，996最终成为历史。

从此，"英雄出少年"这句话有了不同的解释。

（156）

说起布图，他的头衔可多了，好比房地产协会主席、科协副主席、民间商会会长、某科技大学荣誉博士、中印友好协会理事、扶贫工程爱心大使、联合国世界和平使者……等，但这些都没有"登顶珠穆朗玛峰"来得吸人眼球。

按照登山界公认的说法，新西兰登山家埃蒙德·希拉里是第一个登上世界第一高峰（珠穆朗玛峰）的人，但他也只登过一次，哪像布图，已经登过四次，算上这一次，便是第五次。

像往常一样，布图的秘书联系了达瓦当向导。这位夏尔巴人身强体壮且登山经验丰富，能让主子一路上少些颠簸。

"布总，您的直升机已经到了。"秘书毕恭毕敬地说。

"知道了。"布图把国旗和拥有2400万像素的数码摄像机塞进登山包內，"我一登顶，妳就……"

"马上发布消息。"

这位秘书跟了布图多年，两人的默契极佳，她总能猜到老板的心思，是个好帮手。

几个小时之后，直升机成功降落在海拔八千多米处（离最高峰尚有五百米），向导达瓦立刻迎上前去。

"你今天 Ok 不 Ok?"布图问。

达瓦点头。

于是布图爬上那人的后背，两人"一起"登顶。

隔天，布图第五度登上珠穆朗玛峰的消息冲上了热搜。只花了不到一部进口轿车的价钱就成为亿万人瞩目的焦点，怎么算都值！

Inès原来是时尚杂志的一名编辑，辞职后与老公回到法国乡间，把一栋十八世纪的老房子改造成极富古典色彩的温馨小屋。

她的老公仍做着替人编写程序的工作，这是家庭的主要收入来源，至于Inès……她忙得很，每天除了照顾四名$3 \sim 15$岁的孩子及一座玫瑰花园外，她还养了鸡、鸭、牛、羊。可喜的是家庭主妇的疲惫样子从不曾在她的脸上显现，相反的，每一帧照片上的她都处于极佳状态，完全看不出已是四十多岁的女人……

"这是公然造假，"Louise边看电视报导边洗碗，"但……谁在乎呢？我倒挺想知

道女主人的马甲线是怎么练出来的？还
有，美甲是在哪里做的？"

在校园中，欧文第一眼就相中芬妮，她有陶瓷娃娃般的光洁皮肤及一双大长腿，全身散发出贵族气质，把欧文迷得神魂颠倒。

上完课，欧文走向芬妮，问她愿不愿意今晚与他约会？

芬妮不假思索便答应了。

当晚月明风轻，他们先去吃披萨，再去看电影，由于连看两场，结束时已接近午夜。

"要不要到我的租处喝杯咖啡再走？"欧文问芬妮。

她仍然不假思索便答应了。

当灯光暗下，气氛刚刚好时，芬妮却推开欧文，表示她想回宿舍去。

"已经凌晨一点多了，回去的路上不安全。"欧文说。

"我在你这里更不安全。"

欧文以为她说笑，再次拥抱她。

"我说了不要，你再碰我，小心我告你非礼。"

看芬妮一脸正经，欧文只好放开她，让她自己回宿舍。

"你不送我回去？"芬妮睁大眼睛问。

"这附近的治安不好，我还想多活几年。"

此时芬妮犹豫了，于是欧文建议她睡沙发，她无可无不可地接受了。

半夜，芬妮爬上欧文的床，理由是睡沙发不舒服。

"妳不怕出事？"他问。

"不怕，因为你是正人君子。"

隔天，警察在教室内逮捕欧文，因为有人指控他性侵。

即使欧文指天发誓这是水到渠成的事，但仍在他的人生履历上留下污点（法院最后判他终身离受害人十米远）。更可气的是芬妮竟然还接受电视采访，强调那晚她说了不下十次"不要"，依然被性侵。

有记者向欧文核实，他承认芬妮的确说"No"了，但此No非彼No，而是一种调情。

这样的解释其实很薄弱，直到校园內第二位被判终身离芬妮十米远的男学生出现，人们才开始相信"也许"欧文是无辜的。

（159）

伽罗住在太平洋的某个小岛上，对他来说，没什么事比"天天冲浪"更重要的了。

这一天，伽罗又一贫如洗（本来还有两个铜板，因为裤袋破了，什么时候掉的也不清楚），他只好到以前工作过的餐厅去乞求一份工作。由于上回"离职"时不欢而散，前雇主果断拒绝，让他尴尬不已。

"嘿！你想吃点儿薯条吗？"餐厅内的一位女游客问他。

伽罗已经饿了一天，毫不犹豫便坐下来开吃。

看伽罗胃口好，女人又叫来炸鸡、汉堡和奶昔，他以同样的速度消灭那些高热量食物。

"你还想吃什么？"女人问他。

"不了，我吃饱了，谢谢！"

接下来的几天，伽罗总能在海边看到那个女人。她很慷慨，总请他吃这喝那的，最后还让他睡在度假村的席梦思床上。

几天过后，女游客问他："要不要和我一起回英国？"

伽罗想了想，没什么事比"天天冲浪"更重要，于是婉拒了她。

那女人离开时很依依不舍，伽罗对她说："欢迎随时回来找我。"

送走了女游客，伽罗逗留在机场内。

"嘿！你等多久了？"一位日本女人向他走来。

"没多久。"

他越不当一回事，女人越内疚，频频为班机延误而向他道歉。

"没事，看到妳平安抵达就好。走吧！也许还来得及看落日。"

当北半球的冬风吹起，代表伽罗的工作日来到，靠着"女人们"的轮番接济，伽罗每天吃香喝辣的，偶尔还能收到为数颇丰的零花钱。

"等夏天一到，我就能专心冲浪了。"他为自己打气。

伽罗住在太平洋的某个小岛上，对他来说，没什么事比"天天冲浪"更重要的了。

（160）

尤珍妮为了融入上流社会，从小接受相关的训练和熏陶，不仅学会骑马及跳宫廷舞，还懂得餐桌礼仪，也会正确使用这个阶层的说话方式（譬如晚餐称 supper，不叫 dinner），闲暇时就听听歌剧或观看芭蕾舞演出……

然而这么"从里到外"的净化，仍有不足之处，那就是她怎么也学不来伦敦口音（和百年贵族比，没有伦敦口音的暴发户显然逊色很多）。

思前想后，尤珍妮决定上整形医院把舌头增肥一点儿。

手术很成功，现在她说起话来，嘴里仿佛含着一粒小球。

这一天，母亲心急火燎地把她召回国，因为八星集团总裁的长公子正在寻找结婚对象。

"听着，这个人有才有貌，是城中的钻石单身汉，妳一定要好好把握住。"她的母亲耳提面命。

然而吃过氛围相当融洽的相亲饭后便没了下文，尤妈一打听才知道男方介意女方咬字不清楚，怀疑她的发音器官有问题……

"那是上流社会的口音呀！"尤珍妮欲哭无泪地辩驳着。

（161）

当 John和 Cathy热恋时，他将女友的名字纹在屁股上，但当恋情告吹时就难堪了。

"没事，我帮你遮掩一下就好。"刺青师傅说。

后来 Cathy成了 Cat（猫），后面的两个英文字母被一张可爱的猫脸给遮盖住。

某天，当 John和新女友巫山云雨时，赫然发现她的屁股上纹着一个英文单词 Car（车），后面跟着一辆粉红色轿车。

"妈的，我竟然成了接盘侠，Cary的那辆粉红色本田车，化成灰我都认得。"John很不是滋味地想着。

（162）

琼斯一家住在一栋百年小木屋里，琼斯太太每天开着N手车送孩子们上学，即使邻近就有一所赫赫有名的私校，他们依旧舍近求远，把孩子们送去读公立学校，除了簿本费之外，没有其他开支。

贝克一家也住在一栋百年小木屋里，贝克太太也每天开着N手车送孩子们上学，即使邻近就有一所免费的公立学校，他们依旧舍近求远，把孩子们送去读学费昂贵的私校，除了簿本费之外，还有为数不少的其他开支，几乎要压垮这个工薪家庭。

百年后，老琼斯给每个孩子都留下遗产；老贝克不一样，为了栽培三个孩子，早掏空了家底，不仅晚年生活捉襟见肘，身后也没能留下什么。

"我父母真好！"老琼斯的孩子们想着。

"我父母真辛苦！"老贝克的孩子们想着。

（163）

听说学校附近开了一家国际象棋俱乐部，沈爸爸立马把沈小龙送过去学习。在等待课程结束的时间里，他边看着墙上的教员简介边迷茫，如果战迹曾经如此辉煌的人最终也不过是一名教员而已，那么学习的目的何在？

课程结束后，沈爸爸找了个机会询问。

"这没什么好奇怪的，花滑冠军最后不也是当教练？问题是你希望孩子通过学习得到什么？"

"我希望他功成名就、名利双收。"

"嗯……"教员思考了一下，"理想是很丰满，但也不是完全不可能，这个机率和买彩票中大奖差不多。"

沈爸爸挺不高兴听到这个回答，他相信他的孩子绝对能功成名就、名利双收。

几十年过去后，沈小龙成了芸芸众生里的一员，倒是沈爸爸买彩票中过几次小奖，数额加起来可以吃上好几顿大餐呢！

（164）

Clara想把乡村小屋卖了，中介建议她不妨以抽奖的方式卖出，一张票卖五欧元，只要卖出五万张，扣除其他费用，实际收入和她的心理价位相差无几。

好是好，但她想用征文（一篇文章五欧元）的方式取代了无新意的抽奖活动。

征文截止后，Clara总共收到近十万篇文章，全是对乡村生活的向往。

"房子找到新主人了，恭喜！妳比上一任屋主多待了半年。"中介说。

"是吗？那次征文，她收到几篇？"

"七万多篇。"

"看来对乡村生活充满期待的人还真不少。"

"谁说不是？"

这次卖房所得比预期高出一倍，也算是田园生活幻灭之后惟一让 Clara 感到庆幸的地方。

（165）

土沟村是贫困县里的贫困村，家庭平均年收入还达不到两万元，老师的收入尤其低，一个月不过几百元而已。

这一天，扶贫的文具送到，由于来自全国人民的乐捐，东西多且杂，有笔盒、铅笔、画笔、圆珠笔、橡皮擦、笔削、尺类、圆规、书套、文件夹……等，而最令人心动的莫过于两台旧式电脑。

毫无疑问，电脑归学校使用，剩下的便奖励学生，时间就定在期中考试成绩公布之日。

然而没等成绩公布，学校便遭小偷，所有文具一夜之间消失，偏偏不包括比较昂贵的电脑。

校长心知肚明，小偷肯定是校內孩子，这个不难查，只要把颁奖之日延后，很快便能发现谁使用了"新"文具。

接下来的几天，校长查堂查得很勤，但没发现学生有任何异样，倒是……

"哎呀！奖励怎能忘了老师？他们连批改作业的红笔也得自掏腰包购买呀！"校长很是懊恼。

（166）

2○ı○年夏天，郑凯和友人到內蒙古一游，意外在草原上看到狼群正围攻一只驯鹿，情况非常危急。他和朋友不假思索就拿出空气枪对付恶狼，最终挽救了驯鹿的性命。

回家后，郑凯迫不及待想把这件事告诉女儿，可是女儿的手中正拿着一本童书，等待她的睡前故事。

"那么我先念故事给妳听，念完后再告诉妳一件发生在大草原上的事，可精彩了！"他对女儿说。

童书的书名叫《哇哇狼和噗噗狼》，内容描述两只狼在山上偶遇，并且发展出一段珍贵友谊的故事。

"好可爱的狼啊！爸爸，你能不能给我买一只？"女儿问郑凯。

"恐怕不行，狼是国家保护动物，私人不能圈养。"

"好可惜！"女儿嘟着嘴，"对了，大草原上发生了什么事？"

"呃……发生了什么事？我想想……噢！我和妳蒋叔叔在草原上看到……看到狼群在围……围着圈圈跳舞。"

"真的？哈哈！我就说狼很可爱。"

从此，郑凯不再介入大自然的生存法则之中。

洪菲抵达丽江后才发现多了一个人出游。

"容我介绍一下，这是彭加惠，我新认识的朋友。"她的闺蜜关晴对她说。

"彭加惠？这个名字听起来很耳熟。"

"哈哈！没错，她是有名的作家。"

洪菲隐约记得文坛上有这么一号人物，既然是作家（而且还是个有名的作家），当然不能怠慢，于是一路上洪菲和关晴对彭加惠爱护有加，到了以她的意见为意见的地步。

可是等三天的假期一结束，洪菲马上向闺蜜发火，因为这位作家实在太难相处了！

"对不起啦！我也不知道她是这样的人，下不为例。"关晴答。

几个月过去后，洪菲在一个偶然的情况下读到彭加惠写的游记，不免心生疑问，莫非彭作家五一假期去了两趟丽江？这说不过去呀！那么同行的京城名媛是谁？上市公司的总裁助理又是谁？还有，除了去过的景点勉强对得上，其他都很陌生，好比他们三人住的是一般的民宿而非五星级酒店；吃的是人均一百多元的地方特色菜，而非龙虾、鲍鱼、黑山羊肉、野生菌火锅......等。

然而这些都还不足以让洪菲添堵，真正让她五爪挠心的是文中的名媛是娇小玲珑型，而上市公司的总裁助理却是虎背熊腰。

"切，怎么也得让我当名媛才是。"洪菲心想。

（168）

帕善先生的杂货店是附近人家的补给站，临时缺点儿什么，上他家准没错。

"这家店什么都好，就是东西太乱了。"巷口的樱桃姐说。

"没错，若不是老邻居了，还是上便利店舒心些。"巷尾的莲花妹答。

正因为这些谈话，让帕善先生有了改造店铺的想法。

当改造完毕，帕善先生激动不已，他握住设计师的手，久久无法言语。

然而钱花了，店铺的生意却没有明显的变化，让帕善先生百思不得其解。

"这家店什么都好，就是东西太整齐了，不像杂货店。"巷口的豆浆哥说。

"没错，若不是老邻居了，还是上便利店舒心些。"巷尾的轮胎叔答。

当听到这些谈话，帕善先生连吞好几粒救心丸才缓过气来。

（169）

张师傅的私房是五零年代建造的，住进了一家三代11口人，后来虽然陆续有人迁出，但54平米的居住空间仍显局促。

思前想后，张师傅决定花钱改造，毕竟手里的钱不足以换上更大面积的商品房。

很快，一位姓刘的设计师上门，他把能运用上的空间全善加利用，让人眼前为之一亮。

然而"新"房子所带来的喜悦并没有支撑太久，过了"蜜月期"之后，逢吃饭、睡觉就得挪这挪那的问题渐渐难以忍受。考虑再三，张师傅决定不再自找麻烦，将饭桌和睡床全固定起来，再把窗台上的绿植一一搬空，换上老式晒衣竿（烘衣机太耗电了，当收到账单时，张师傅气得差点儿吐出一口鲜血来）。

经过"自行改造"后，张师傅的住房跟以前已经没多大区别（尤其旧家具又回笼，瞬间像回到从前）。

若要说这次改造有什么值得庆幸的事，那就是原先放在屋内的青瓷花瓶被设计师给买走了，他说这花瓶的颜色不好，破坏了整个屋子的设计风格。

张师傅老早想把花瓶扔了，现在有人代劳还给两千块钱，这不挺幸运的？

没多久，刘设计师悄咪咪地离开公司，改当古董商去了。张师傅听说后频频点头，就这水平，还真不适合当设计师。

（170）

小李在郊区买了栋别墅，趁着周末，他邀请同事到新房做客。与他关系最铁的小军由于家乡的父母来访，所以未能成行。

当周一来到，从其他同事口中，小军得知小李在别墅内和小赵杠上，两人吵得不可开交，原因在于小赵批评别墅哪哪都不好（譬如得房率低、靠海湿气重、四周配套没跟上等）。小李怎能吞得下这口气？于是嘲笑小赵没本事，到现在连个十平米的房子都买不起。

有了前车之鉴，当小李单独邀请小军到海边别墅时，他格外小心应对。

· · · ·

"这房屋的设计好特别，一看就很宽敞。"

"每天听着海涛入眠，多惬意啊！"

"四周车少人少，心自然容易平静下来，这是千金难买的体验。"

……

小李没接话，乐呵呵地请小军入座，桌上已经有备好的五粮液和下酒小菜。

几杯下肚后，小李对小军说："实话告诉你，我挺后悔买这屋，不仅得房率低，湿气还重，四周配套也没跟上。切，我这是脑子被驴踢了，简直愚蠢至极！"

（171）

丑闻爆发前，杨立烁是地方上的大善人，细数做过的好事，那是数不胜数，包括救助流浪狗、为失足少女提供就业机会、资助大学生创业……等。

丑闻爆发后，杨立烁成了过街老鼠，细数做过的坏事，那是数不胜数，包括把流浪狗卖给狗肉店、将失足少女再度推入火坑、忽悠创业心切的大学生背上高利贷……等。

这么罄竹难书的人，亲戚朋友早躲得远远的，只有柯希文不一样，每个月都会去探望服刑中的杨立烁。

"姓杨的人面兽心，也只有你还把他当成好人。"柯希文的朋友对他说。

"我知道杨叔叔做错了事，但若不是他，当年孤苦无依的我早饿死了。实话告诉你，在我的世界里，他就是个好人，甭管他的钱是怎么来的。"柯希文答。

徐海星夫妇在公园附近开了一家咖啡店，眼看生意越来越好，光他和太太两人已不足以应付，于是萌生雇用学徒的念头，广告就贴在店门口，内容如下：征学徒数名，五年内不给薪水、不包食宿，纯学手艺和经营，有意者内洽。

这一天，店内顾客问起可有人上门应征？

"没有。"徐海星叹了一口气，"自从贴了广告之后，不但无人应征，生意也大不如前。"

"我说了你可别生气，换作是我，我也不会上门应征，这是赤裸裸的奴役呀！

学个手艺不过几千块钱的事，何需卖身五年？”

徐海星表示这不一样，除了手艺，学徒还学到怎么进货、怎么议价、怎么经营店面，会少走很多弯路。

“你的意思是你花五年的时间去培养一个竞争对手？”

“也……也不是啦！学徒将来若离职，绝不能在长江以南开店，这个得写进合同里。”

听罢，客人起身，答：“现在我知道为什么在最繁忙的时段里，你的店内依旧如此冷清。”

“对呀！为什么？”徐海星朝着那人的背影喊，“喂！别走，你还没给答案呢！”

两只驼鹿狭路相逢，互看对方不顺眼。白的那只先发动攻击，黑的那只小心应战，几个回合之后，黑驼鹿败下阵来。

正当白驼鹿洋洋得意之时，没多久便发现大问题(两只鹿的角紧紧卡在一起了)。

白驼鹿试了又试，依然无法摆脱，只能带着黑驼鹿的尸体前行。当看到不远处有一头狮子正虎视眈眈地望着自己时，白驼鹿知道这次在劫难逃了。

（174）

林丰毅被公司派到某个赤道国家管理工厂，上任没几天，他就辞退近一半的员工，已经在厂子里工作数年的华裔组长不得不向他提出诤言。

"你说的当地人习性，我不采信。这些工人无非懒，我经常见几个人盯着一个人做事，既然这样，那就留下能做事的那一位。"林厂长答。

几个月之后，这位新任厂长把辞退的员工一一给请了回来。

有人问林丰毅为什么改主意？他答："这些人是真懒，但该死的天气也助长了惰性。不跟你说了，我得去睡个午觉，也许下班前，我还能工作个两小时。"

（175）

由于盗文猖獗，到了西元2044年，这个世界已经不再有故事可读，人们无不怨声载道。久而久之，这种怨气成了诅咒，首当其冲的是盗文网站的经营者及其员工，他们有的横死街头；有的身首异处；有的绝子绝孙，没有一个逃得过……

当子凯敲下最后一个字，并且上传至某个正规文学网站时，不到十分钟，盗文网站已经可以全文阅读，一字不漏。

（176）

简 小新是澳大利亚籍华人，同时也是个超级足球迷，尽可能地次次到场观战。

当澳大利亚队跟韩国队比赛时，他替澳大利亚队加油；当中国队跟韩国队比赛时，他替中国队加油；但当澳大利亚队跟中国队比赛时……他替裁判加油，裁判判谁赢就赢，当考验忠诚度时，他向来服膺"胜者为王"。

杜是一位专门写异国恋情小说的作家，虽然曾激起一点儿水花，但也就那样，没真正大火过。

有一天，论坛上有人提起她的作品，总结的结果是看看可以，真要说有什么，倒也没有……

"可是自从买了她的书之后，我发现自己的异性缘特别好。"网名《就想遇见你》说。

"我也是，买了书之后，暗恋的男生突然觉得我很可爱，并且开始与我约会。"

"要不是你们提起，我还真不好意思开口。是的，这是真的，买了书之后，连公狗都爱往我身上蹭，不由得你不信。"

……

文学论坛刹那间成了"传销"现场，平台管理员不得不出面制止。然而禁得了东禁不了西，这一个个小火种经风一吹，很快便星火燎原，B杜大火了！她的书成了爱情路上的吉祥物，印刷的速度根本赶不上销售，黄牛坐地起价的场景比比皆是。

针对此反常现象，记者询问 B杜做何感想？

"反常吗？我倒觉得挺正常的，谁不想受异性欢迎？别看我已经五十好几了，到现在还被很多年轻小伙子追求呢！"

B杜一答完，那位已有鱼尾纹的女记者立刻追问："告诉我，如何能快速买到您的书？"

（178）

秦奕珊在学校附近租了个开间，八月份时，隔壁搬来一位长脸阿姨，第二天就来敲门。

"走廊是公共区域，请把鞋柜搬进屋內。"长脸阿姨说。

开间只有二十平米大，如果再塞进鞋柜，简直寸步难行。

"有什么事跟物业说去。"秦奕珊冷冷地答。

结果物业来敲门时，她硬是不开，打算就这么拖过去。当然，和长脸阿姨的"友谊"也算彻底崩了。

九月份一开学，秦奕珊兴冲冲赶去学校，当新任老师走上讲台时，秦奕珊再也笑不出来。

回到出租屋，秦奕珊做的第一件事便是将鞋柜搬进屋内，接着把屋外走廊仔细打扫一遍，直到确认一尘不染为止。

讲到狼群里脾气最暴躁、心机最重、狼品最差的莫过于狼十一，可是它是狼王最器重的，大家只能把怨气往肚里吞，时不时还得对它鞠躬哈腰，以防惹祸上身。

讲到狼群里脾气最温顺、最没心机、狼品最好的莫过于狼十二，可是它是狼王最不待见的，大家当然也不当它一回事，时不时还欺负它两下，好彰显自己在团体中的地位。

狼十一死去时，它的子孙哭得呼天喊地，狼群夹道送行的画面很是震撼狼心；狼十二死去时，它的子孙草草挖个坑将它埋了，对于毫无存在感的狼而言，这已是最好的结局。

（180）

乔阿姨在跳广场舞时认识了老萧，两人越看越对眼，时不时约着出去玩，日子过得很滋润。

某天，老萧问她要不要领证？

"领什么证？"乔阿姨心有戒备地问。

"当然是结婚证。"

乔阿姨和老萧都有过婚姻，不同的是，老萧急于找法律上认可的伴侣，乔阿姨却只想找个玩伴，两人一言不合，从此形同陌路。

几年后，老萧中风了，听说他的"新婚"妻子苦不堪言。当消息传来时，乔阿姨正在广场上舞得不亦乐乎。

151

（181）

网上妈妈群里有人提起经济学家汪榆的儿子考上清华大学了。

"真棒！再次证明虎父无犬子。"

"怎么别人家的孩子就这么厉害？"

"我儿子若能考上985，即使不是清华北大，我也心满意足了。"

……

这个话题无疑替妈妈们打了鸡血，大家互勉及交换情报，希望自家的孩子很快也能鲤鱼跃龙门。

隔年，当高考成绩出来后，简妈妈第一
个上传捷报，总分68○分，如无意外，
上清北肯定没问题。

" 听说今年的考题偏简单，这个分数
有点儿玄啊！"

" 我认识一个妈妈，他儿子考**712分**。"

" 其实清华北大也没多好，有本事就上
哈佛，那才是真正的牛校。"

" 我儿子今年考差了，不过没关系，复
读一年也是可以的，先上车不一定先到
站 。"

……

简妈妈气坏了，立即退群。

亚伯认识阿黛尔时，她还没这么胖，交往半年后，阿黛尔的体重直线上升，已经逼近300斤。

"我太胖了，应该减减肥。"阿黛尔说。

"不胖，我喜欢妳这个样子。"

有了"尚方宝剑"，阿黛尔放开了吃，身材也像鼓了气的气球，目测应该有600斤。

"阿黛尔需要做缩胃手术，否则性命难保。"医生对亚伯说。

当阿黛尔被推进手术室时，亚伯哭得上气不接下气，医生安慰他不会有事的。

果然手术很成功，再经过几个月的调养，阿黛尔已经减掉一半的自己，可是亚伯却开心不起来，总担心变瘦后的阿黛尔会离他而去。

"亲爱的，我吃就是，你别胡思乱想。"阿黛尔说。

缩胃手术最忌术后暴饮暴食，没多久阿黛尔便命丧黄泉。

葬礼上，亚伯认识了安拉，那时她还没这么胖，交往半年后，安拉的体重直线上升，已经逼近300斤……

（183）

查克来自偏远山区的阿吉村，因为长期吃不饱、穿不暖，索性在家乡成立游击队。他一号召，八方响应，势力越来越大，最终推翻国王，成了哈马一世。

成为国王的查克衣锦还乡，乡亲们夹道欢迎，同时准备好酒好菜招待。席间，他们毫不避讳地和"国王"称兄道弟，时不时唤他的小名（像是傻柱、二楞子、狗蛋、马大哈……等），还把他曾做过的糗事一一拿出来取笑。

查克不动声色地回到首都，第一件事便是下令屠村，连老人和小孩都不放过，阿吉村从此成了鬼村。

（184）

$2$₀53年，某国。

输送带上有大大小小的包裹，依顺序滚入各自区域。金博士按下按钮，十几架无人机同时飞来，捡起自己区域內的包裹，送向全国各地。

这是金博士每天的工作，偶有突发状况（譬如包裹破损或者无人机没电了），也不是什么大问题，三两下就解决了。

回到家，吃过饭的金博士开始上网课，授课的是博士后11级。

本来博士是学历上的最高级别，后来人数太多了，不得不一层层往上加，现在想在大学內觅得教职，起码得博士后11级。

学术界内卷得如此厉害，常让金博士感慨，想当初若学得一门手艺，现在就不用如此辛苦了，可惜世上没有后悔药可吃。

"嘟……嘟嘟嘟……"手机响了。

"喂！"

"这里是欣欣发廊，您预约的美发师临时决定去度假，所以日期安排在三周后，您看行吗？"

虽然也有机器人剪发服务，但总缺少点儿什么，所以金博士特别预约了人工剪发，比机器人的收费高出三倍不止。

"你们除了收费贵、难预约、动不动就延期外，还剩下什么？"金博士火冒三丈地问。

"对不起，您说话太快，机器人小欣无法分辨，请重新留言。"

"我说……"

"对不起，您未及时确认，现在日期安排到四周后，您看行吗？"

"行行行，赶紧排上。"

为了泄愤，多说了两句，结果日期又往后延一个礼拜，这下子金博士懊恼极了。

（185）

当夜幕降临，司马元在粉红色衬衫上系了一个灰领结，然后上街去。途中经过好几家快餐店，他皆视若无睹，最后走进一家人声鼎沸的酒吧，要了啤酒和炸鱼薯条。

邻座的金发美女和他聊了几句，他问她想喝什么？

"Brandewijn." 她答。

于是司马元向调酒师要了白兰地。

后来又陆续加入三位女郎，司马元很慷慨，一一为她们叫酒，还请吃东西。

结账时，司马元给了很好的小费，服务员殷勤地送他到店门口。

回到出租屋，司马元立即把衬衫洗了晾上，再把领结端端正正地摆进盒子里。

靠着"一个月富一次"，在荷兰打黑工的司马元熬过了无数个捉襟见肘的日子。反观一起跳船的伙伴就没那么幸运了，一个自杀身亡，另一个在崩溃的路上……

（186）

锤子国的父母相互比拼，"鸡娃"（指家长不断给孩子"打鸡血"，让他们学习各项技能）的情况越演越烈，为了扼止此不良现象，国家出台新政策：12岁以下儿童每天花在课外辅导班及兴趣班的时间不得超过两小时，有违者，家庭罚款五千元整。

这个政策无疑隔靴搔痒，完全没启到作用，于是锤子国祭出第二个政策：孩子对父母无赡养之义务。

从此，"鸡娃"走入历史。

小芳带伤上班，同事们很关心地问东问西，当得知是被一个路怒症患者给打伤时，无不群情激愤。

"告他，让他蹲大牢！"会计室的老温说。

过了几天，小语带伤上班，同事们很关心地问东问西，当得知是被男友给打伤时，无不群情激愤。

"渣男！还没娶进门就敢这样对妳，这人绝对不能嫁！"收发室的尤大姐说。

再过几天，小凤带伤上班，同事们很关心地问东问西，当得知是被老公给打伤时，大家……沉默了。

（188）

欢喜国的年轻人一点儿也不欢喜，因为房价和房租都太高了，导致生活质量下降，哪敢娶妻生子？

为了让年轻一代都能拥有一个专属的窝（好娶妻生子），欢喜国决定从源头抓起，由国家给出指导价，若不按指导价卖房，不让过户。

房价果然应声腰斩，这应该是年轻人所乐见的，记者借机采访刚搬入新家的小余。

"恭喜你买到心仪的房子，花了多少钱买的？"记者问。

"三百万。"

"这个城市，这个地点，算便宜的了。"

"是的，和新政出台前比，算是打了六折。"

"真得感谢国家的良控，否则年轻人何时能买上房？"

小余苦笑，不置一语。

临走前，记者发现茶几上有一套很雅致的茶具，随口问小余哪里买的？

"是原屋主的，花了我两百万元，不能贷款，得一次性付清。"他答。

老杨要医生拔管，小杨坚决不让。

"你父亲是慢性阻塞性肺病，人很虚弱，意识渐渐丧失中，拔管未尝不是一种解脱。"医生对小杨说。

"不，继续插管。"

从父亲入院到现在已经过去两年，家庭经济状况也从小康变成举债度日，如今已到了最后阶段，小杨想着怎么也得坚持住。

又拖了几个月，老杨才撒手人寰。

葬礼上，小杨哭得撕心裂肺。乡亲们无不动容，这年头像他这样的孝子已经不多见了。

寰宇小姐选美大赛终于落幕，前三甲分别来自八卦国、美丽国和红日国。

当八卦国小姐戴上第一名的后冠时，激动得无法言语。

"抗议！明明红日国小姐比较漂亮。"蒋明莉愤恨不平地说。

隔天，有路人拦下蒋明莉，问："妳可是参加寰宇小姐选美的红日国小姐？"

"当然不是，"蒋明莉笑了，"红日国小姐应该不会说普通话吧？！"

路人想想也对，道歉后离去。

据蒋明莉的主刀医生说，她做的A套餐全球限量五千名，还好，否则日后"撞脸"的机会多了去。

（191）

为了挽救自己的企业，李明哲不惜向江海涛下跪。

"求你了，看在多年朋友的份上，请帮帮我！"语罢，李明哲猛磕头。

"别别别，不知道的还以为我作古了呢！"

"对不起，我不是这个意思，我……"

"得得得，我了解你的来意，这样吧！看在认识多年的份上，我介绍个金主给你。"

这位林姓金主愿意借，但年利率高达40％，已经是高利贷了。

李明哲咬咬牙，最后还是借了。

一年后，他果然还不出来。黑道金主一瞪眼，李明哲马上认怂，把工厂和房屋全卖了，七凑八凑总算还上。

"老板，钱要回来了。"员工小林对江海涛说。

（192）

即使只是到楼下倒个垃圾，月华也要精心打扮一番，就为了万一和前男友遇上了，能让对方后悔莫及。

这一天，月华头痛欲裂，几番天人交战后，决定还是去看医生。这是打从和子汉分手以来，她第一次没化妆就出门，想着不会那么凑巧，偏偏人算不如天算。

"月华，好久不见，妳好吗？"子汉说。

看着昔日男友容光焕发，自己却是一副病恹恹的样子，月华气坏了，怎么运气就这么背？

"不好，很不好，会来医院的人怎么可能会好？"她没好气地答。

"妳挂哪科？"

"呼吸內科。"

结果子汉陪她看医生，又赶着去付费和取药，殷勤地像个真正的男友，让月华又燃起了希望。

"谢谢！"月华收下药袋，"忘了问你为什么来医院？"

"我来陪产，正想回家取东西，结果遇见妳了。"

月华一听来气，结婚了还跟她搞暧昧，看来当初分手是对的。

"祝你生的孩子有屁眼。"月华激他一句。

"我……"子汉欲言又止，最后还是说了，"我陪嫂子来医院生产。谢谢妳让我更了解妳的为人，看来当初分手是对的。"

现在的月华即使上班也不施粉黛、不抹胭脂，就为了万一和前男友遇上了，能让对方心生怜悯，也许……也许还能再续前缘。

（193）

"**根**据爱因斯坦的广义相对论，人类生存的三维空间加上时间轴即构成四维空间。然而美国哈佛大学教授丽莎·蓝道尔却大胆假设地球上还存在着第五度空间，只是人们看不见而已。"台上的汪讲师侃侃而谈。

阮靖夫轻蔑一笑，讲师问他笑什么？

"这还需要哈佛大学教授来假设？地球上本来就存在第五度空间。"他答。

"噢！是吗？说来听听。"

"梦便是，有长度、宽度、高度和时间。"

"即便是，那也只是四维而已。"

174

"有一次，我做梦梦到宿舍起火了，任凭我怎么呼喊，同寝室的人完全听不见，依旧呼呼大睡，我这不是落入第五度空间了吗？"

汪讲师听完愣了一下，才说："你的观点挺有意思的。"

隔年，汪讲师发表《梦境—第五度空间》理论，震惊物理界。

"这算不算剽窃？"阮靖夫心想。

即使养老院遍地开花，付老太太还是选择在家里养老。

"我有一儿一女，儿子是法医，女儿是警察，我还有个侄子当法官。"付老太太在阿姨上门的第一天就交待了。

往后的日子里，付老太太的儿子、女儿和侄子经常出现在对话中。

"我儿子是法医，但凡非正常死亡，绝逃不过他的法眼。"

"我女儿是警察，专门抓坏人。"

"上礼拜，我侄子成功让一名虐待老人的人入狱三年。"

……

付老太太雇的阿姨已有多年的工作经验，知道人老了免不了嘴碎，早见怪不怪。

这一天，阿姨准备完午餐就出去购物，回来时发现老人瘫坐在椅子上，脸色发青，看样子像是有异物卡在喉咙里。

阿姨马上拨打120并施予急救，但仍回天乏术。

"糟糕！老太太的家人都是重量级人物，这下子我有大麻烦了。"阿姨的内心忐忑不安。

过了几天，一个脖子上挂着工作证的人员找上门来，说："付老太太是独居老人，直系亲属没了，旁系亲属也都不来往，现在她的身后事交由街道办事处来处理。我来此是通知妳搬离，这是公函，请查收。"

（195）

菲比6岁时就认识凯文，他是她的玩伴，也是家里的常客。

"菲比，妳刚刚在和谁说话？"父亲问她。

"凯文，他的汽车跑得比我的快。"

"凯文？男的？"

菲比知道父亲为什么这么问，凯文留着齐肩长发，看起来像个女的。

"头发是长了些，但他是个男孩。"

母亲接着问凯文多大了？

"嘿！你多大了？"菲比问坐在身旁的凯文。

"我六岁，和妳同龄。"凯文答。

知道和女儿一起玩耍的男孩只有六岁，菲比的父母松了一口气。

几年过去后，见两个孩子仍玩在一起，这对夫妻才心生警惕，忙把女儿送到心理医生那里去。

"菲比，妳几岁了？"医生问。

"12岁。"

"凯文呢？"

"也是12。"

"他看起来像12岁吗？"

菲比转头看坐在角落玩火柴盒汽车的凯文，他没长高，脸上还带着稚气，而她已经开始长青春痘了。

"看起来不像，我也挺纳闷的。"菲比答。

医生说："他这么久没回家，也许挺想的，妳何不问问？"

于是菲比问凯文想不想回家？

"告诉医生，我想回家。"凯文答。

知道凯文想回家后，医生在诊疗室里办了一个很隆重的回家仪式。

"他走了吗？"医生问菲比。

"走了，可是表情看起来很惊恐。"

医生听完哈哈大笑。

菲比回家后没多久，父母便发现有事不对劲，怎么孩子老往外跑？某天，他们跟踪女儿来到心理医生的诊疗室。从窗口，他们看见菲比坐在地上，正和心理医生玩小汽车……

（196）

任杰怎么也不肯相信自己是被人贩子拐卖的，世界一下子垮了。

"杰儿，这些年我们是怎么待你的，你心知肚明。如果想回亲生父母那里，尽管去，我们没权拦你。"任杰的"养母"一把鼻涕一把泪地说。

"妳看看妳，又给孩子压力了，我相信杰儿会做出明智的选择。"

"养父"话中有话，给了任杰更大的压力。显然，明智的选择就是继续留在任家，而非亲生父母那里，他和他们没有感情，只剩血缘关系。

果然，当亲生父母抱着他痛哭流涕时，任杰像个木头人似的，直到生父手腕上的劳力士表不小心触碰到他，他才有了感觉。

"也许明智的选择是回到原生家庭，感情可以日后培养。"任杰想着。

（197）

Madhavan带着全村人的希望走上征途，他的任务是游说乡长拨款，连续干旱，村里人已经开始抓老鼠吃了。

乡长没同意，Madhavan不气馁，继续往上碰运气，在见过县长、区长、市长、省长，皆以失败告终后，Madhavan无奈打电话给村长，说："爸，求人不如求己，还是……"

"不，不行，那是留给你娶妻生子用的，绝对不能碰。"

"现在不碰，你的乌纱帽很快就会不保。"

考虑再三，村长决定赈灾，这下子村里人终于可以不再吃老鼠肉，但 Madhavan 的未婚妻却开心不起来，因为自己即将嫁入的人家财富大缩水，现在只剩五吨多的翡翠原石及一百多斤冬虫夏草，连允诺的蜜月旅行也从一个月缩至十天，怎么看都像是一场婚姻诈骗。

（198）

当知道今晚看的是爱情片时，姚伟有"吹冷气睡觉"的心理准备，没想到片子拍得还可以，同时为他提供了一个摊牌的机会。

"妳的意思是只要是真爱，即使一开始有欺骗的成分在，也是可以被原谅的？"看完电影，姚伟问女友。

"当然，真爱无敌嘛！"

女友的回答让姚伟看到了希望，他鼓起勇气把"真相"说出来。

"你不是开玩笑的吧？！"女友面色铁青地问。

"不开玩笑，我一直想找个适当的时机告诉妳。"

"你……你怎能这样？我以为你开药店，原来只是个送外卖的。"

姚伟不明白，电影里的男主角不也送外卖？

女友答那不一样，人家的真实身份是月入十几万的金融分析师，外卖员只是个幌子，为了测女主角是不是拜金女。

"也就是说，妳是如假包换的拜金女？"姚伟问。

"不……是……我就是拜金女，我俩不合适。"

知道女友欺骗了自己，姚伟很是失望，他原以为对方爱的是他这个人，而非其他……噢！对了，姚伟不开药店，也不是外卖员，他的真实身份是"全国十大制药集团的小开"。

（199）

俞昆买了十几年的体彩，哪怕几百元的小奖，一次也没中过。

"老俞，想中奖还得走旁门左道，听说象山上有棵很邪门的树，你不妨去拜一拜，兴许能够中奖。"朋友白牙对他说。

俞昆想想也好，于是跟着上山。

"神树啊！如果我中奖了，一定会安排人为你大跳脱衣舞。"俞昆边膜拜边暗笑，自己真是脑洞大开，竟然想得到这个点子。

结果当期他就中了一百元，把白牙给乐的，像是自己中奖了似。

过了两天，俞昆问白牙："象山上的树真的灵验吗？"

"当然啰！你不是中奖了？"

俞昆欲言又止，最后还是把话吞下。

又过了两天，俞昆的老婆跌跤，把门牙磕坏了；再过两天，他的儿子上吐下泻，连夜被送到医院吊点滴。

"哎！看来非兑现不可。"俞昆说完，面对大树脱得精光，接着扭动身体，像被蛇附身了。

（200）

自从班主任换成江老师后，刘毅文便跌下神坛，即使加倍努力也换不来老师的笑脸。更甚的是，他一向引以为傲的文笔也被批评得体无完肤，他不知道问题出在哪里，整天郁郁寡欢。

这一天，当他得知考试成绩第一次没入前三甲（主要是被作文分数给拉低）时，他不愿再忍，质问江老师为什么给低分？

"为什么？这得问你啊！写的什么破烂文章？"她答。

血气方刚的孩子哪里受得了这种屈辱？他愤而推了老师一把，结果被记大过，索性破碗破摔，学不上了，成天窝在家里打游戏……

"江老师，您说毅文的学习之路太过顺遂，得给他来点儿挫折教育，我们也全力配合了，怎么……怎么最后是这个结局？"刘父问。

"今年我才接下这个班，如果早两年让他接受挫折教育，他就不会这么不堪一击了。"江老师答。

作者介绍

在异国的背景下加入缠绵悱恻的爱情故事是B杜小说的一大特点，她的文笔清新、笔触诙谐、画面感很强，读完小说有种看完一部爱情偶像剧的感觉，特别适合怀春少女及对爱情有憧憬的女性阅读。

另外，B杜还创作了马力历险记、极短篇故事集等作品，欢迎关注。

ALSO BY B杜

《B杜極短篇故事集（101～200)》（繁體字版）A Word to the Wise (Tales 101～200 in traditional Chinese characters)

《东瀛之爱》Love in Japan

《法兰西情人》Love in France

《英伦玫瑰》Love in England

《爱在暹罗》Love in Thailand

《情定布拉格》Love in Prague

《狮城情缘》 Love in Singapore

《爱上比佛利》 Love in Beverly Hills

《新西兰之恋》 Love in New Zealand

《梦回枫叶国》 Love in Canada

《早安，欧巴》 Love in Korea

《迪拜公主的秘密情人》 Love in Dubai

《情迷摩纳哥》 Love in Monaco

《我在苏黎世等风也等你》 Love in Switzerland

《米兰假期》 Love in Milan

《马力历险记 1 之地球轴心》 The Adventures of Ma Li (1) : The Time Axis

《马力历险记 2 之黄金国》 The Adventures of Ma Li (2) : Eldorado

《马力历险记 3 之可可岛宝藏》 The Adventures of Ma Li (3) : The Treasure of Cocos Island

《B杜极短篇故事集 (1～100)》 A Word to the Wise (Tales 1～100)

《B杜极短篇故事集 (201～300)》 A Word to the Wise (Tales 201～300)

www.ingramcontent.com/pod-product-compliance
Lightning Source LLC
Chambersburg PA
CBHW030758190726
48285CB00003B/910